# 徳沢愛子金沢方言詩集Ⅱ

咲《わろ》うていくまいか

TOKUZAWA AIKO

本文イラスト●——徳沢達志
装　　　丁●——西田デザイン事務所

目次

## I　だいばらなこともなく

## Ⅱ

### がんこな寂しさ

# 咲《わろ》うていくまいか

# I　だいばらなこともなく

# 山の奥で

山の奥で
赤いポストが立っている
赤いよだれかけのお地蔵さんと並んで
右向いても
左向いても
上向いても
下向いても
五月の緑

赤いポストは村人のあったかい手紙を胸に
半眼のお地蔵さんは
村人のあったかい心を胸に
今にも朝のご挨拶しそうに

今にも　くくっと笑いあうみたい
互いにでっかいお仕事
ありそで　なさそうなお顔で
いんぎらあ《（のびのびと）》　と立っとりまさる
光る風に撫でられながら

# 千本桜

墓地通り抜け
千本桜の堤を歩く
風　ちょっこし
香り　ちょっこし
なんも要らん　と思えてくる

# 赤いアドバルーン

ビルの頭上　赤いアドバルーン
霞空の真ん中でふらだんす
長い長い紐につながれて
ほんまに　ももつけない《（かわいそう）》

ほれ《（それ）》にしても
なんちゅう《（なんという）》うきうき顔
まいこと《（口上手）》言いの　じょうずこき《（お世辞いい）》
春風にのんびらぁ《（のんびり）》と

# 春一番

春一番が吹く
樹がおおど《（大げさ）》に声あげる
枯草ががんこに《（ものすごく）》しなる
明るい窓が
どくしょな《（情けない）》声

わて《（私）》はながし《（台所）》まいで
春菊をゆでる
やらこい《（やわらかい）》湯気あび
青々と

じき《（すぐ）》に　うるしい《（うれしい）》春がくる

# 春

雀二羽
昇ったり　急降下したり
ぼっかけ《（追う）》　ぼっかけられ
原っぱ

たまに　チィと鳴いて
口角を上げる
わて《（私）》も　チィと鳴いて
明るい光の中
なんもかんも《（何もかも）》
ひとつになる
ひとつって　こんなに軽い

# 讃美歌

讃美歌の大河　おんぼらぁ《（ゆったり）》と
魂は　白蝶の形して
青空を昇っていく
肉の手を離れて高うらと
なんもかんも聖《きよ》めながら
ああ　風呂上がりのような
秋の朝

# 黒い土

雪がとけ　黒い土
一鍬　打ちこみ
一鍬　引く
ほろほろ　くずれ
あの喜びようは
いちゃけな《（かわいい）》子わろのようや

# 竹の子

竹の子　竹の子
生え出る山に
耳あてたがさいにゃ
春巨人の足音　轟いて
わての足裏　ばーちばち
わての心も　ぱーちぱち

# 哀しみ

ごんぼ《（ごぼう）》を水に晒しとっと
滲み出る　茶色の哀しみ
手を組み祈っとると
流れ出ていく　蒼い哀しみ
胸ははや　空っぽ
そしたが《（そうすると）》さいな
はしかい《（かしこい）》顔した秋が
カーンと訪れる

# 日日草

わては日日草です
毎日一つ以上花を咲かします
わては天からうすいピンク色を
もろたんやけど
そのやらこ《（やわらか）》さを喜んどります
誰かが咲きまっしと言うたら咲かします
誰かが咲かさんときまっしと
言うても咲かします
ずこ《（頭）》のてっぺんから根っこまで日日草です
萎《しぼ》んだ花の後をぼっかけて咲かします
萎んだ花にさいなら言うて咲かします
淋しがっとる暇なんてないわいね
毎日忙しいけど

花を咲かすことを楽しんどります
わてはちっこい《小さい》日日草です
うすいピンク色の日日草です
日日草の命を生きとります
はばしいら《しっかりと》と生きとります

# 姦し

姉またち集まる
たちまち姦《かしま》し

風　渡れば
コスモス畑
たちまち　姦し

金沢は
だいばらな《（大変な）》こともなく
白い雲は　ちょっかい《（口出し）》もかけんと
よすけ《（あらぬ方）》向いて大空を渡っていく

コスモス

# からたちの実

からたちの実のまるまるは
姉まらの笑い声
風にころがされて
どこまでいくがやろ
ひんがら（斜視）のこの世を
ころころころころ
まろまろまろ　と

# りんご

りんごは紅潮して生まれた
青空が産み落いたんや
一つ　二つ　三つ
まっで《まるで》真昼の祝砲や

# りんご

鈴なりりんご　青空と仲良し
祈って　祈って　りんごになった
祈られてまっ赤なりんご
ああ　んながらに《みんなに》愛されとると
あんないい顔になるがやね

# 池

水すましにこそがされて《くすぐられて》
池の面が笑うている
光まで笑いだいた
わて《私》のふくらんで
どにもこにもならんお腹かて
小刻みにゆれてるような
笑い上戸の夏や

# ひまわり畑

一面のひまわり畑　わらびしい《（子供っぽい）》心ン中は
なんもかんも　バンザイや
たんち《（幼子）》肩車しては《（大きい態度）》ちこって行けば
黄色い風が追いこして行く
さわさわ　さわさわ
音たてて　裸んべえの夏がいく

# 七地蔵

卯辰山の七地蔵
ひもじい《（空腹）》わいやーの芋嵐
金沢の東西南北ひっくるめ
ひもじい農民のため　七人は声あげた

金沢のはんちゃぼな《（中途半端）》曇り空を
吹き渡っていきまさる
見せしめの斬首
重たい　なんまいだぁー

ひとくさり《（一段落）》風ふるわいて
ひとくさり地ふるわいて
ひもじいわいやー

なんまいだぁー
とぎすみたい《（やせた）》顔した金沢が
おーん　おーん泣いている
今もなお

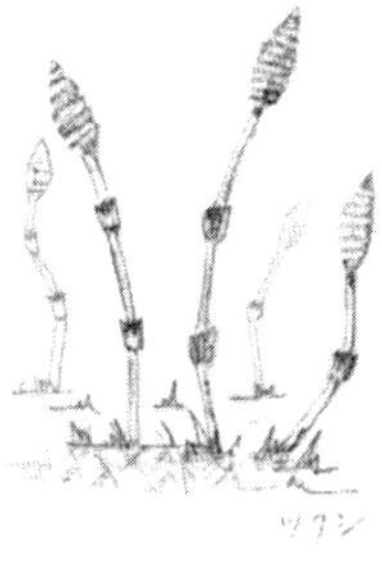

# 静けさ

夜さりの底に
青梨ひとつ置いたさいにゃ
深閑として　引戸
その隙間から
たんまっし《（食べなさい）》　という死者の眼
ちびたい《（冷たい）》息　吹きかかるこの静けさ

柱時計が二時を打つ

# 寂

晩秋の谷　見下す耳に
獣の長いひと吼え
谺《こだま》の尾っぽにゃ
寂しさの余韻が　絡みつく
芒の葉ずれ　しゃらしゃら
もーもも《（おばけ）》目覚める谷の闇

# あんぐり

白山スーパー林道
青空は　男振り
緋色紅葉は　女振り
ふたつ合わいたら
もう　口あんぐりや
ひぼつけ《（文句いい）》も
まいこと《（口上手）》いいの　ごっつ《（ごちそう）》お食いも
んなが《（みな）》ら　口あんぐりや

# どじょう

盥《たらい》の中の満月を
縦横無尽に切り刻む
どじょう一匹
ばら　ばり　ばちゃ
だいばら《（大事件）》な事でも
あったんやろか

白い芒が揺らいでいる

# 日課

かさまいのいえのまえのみちを
あきこさんのだんなさんとポチがゆく

つぎのひ　あきこさんが死にました

そのつぎのひも
だんなさんとポチが
かさまいのいえのまえを
どちらも　ちょっこし
ちごた《（違った）》かおつきでゆく
ポチはでんちゅうにおしっこかけ
みちのはじっこのくさをかいだり
きのうとおんなじことをしてゆく

だんなさんはしずかにポチを
まって　みていまさる
きのうよりもなごうらと《（長く）》　しずかに
まって　みていまさる

かぜがだんなさんのかみをたちあがらせ
ポチのせなかをめくる

きのうよりやさしいしぐさで
かぜがふく
いまを　いとしぼい《（いとしい）》と
かぜがふく
なかんといて《（泣かないでください）》たいまと
かぜがふく

# 渡る

柿一つ残る村
鵯《ひよどり》のひと群
鳥越村へ引越すがやろか
点　点　点
行儀ようらと並んで
柿一つの木の上を
がっぱ《（一生懸命）》になって
渡っていく
明日をあおだかいて《（騒がせ）》
やちやち《（急ぎ）》の隊列

ほんなに《（そんなに）》良い住い　みつかったんやろか

# 宴

でっかい《（大きい）》白岩
燃え上がる紅葉
赤鬼たちの宴
見とるまっし　そのうち
白岩もほんのり酔いまさる
赤こうなった手出いて　足出いて
唄のひとつも

# 巌

急流を分ける巌
あれは何者
両足ふんばって
右にも　左にも傾がらず
百年黒く濡れた魂のまんま
永遠に近づこうとしる《（する）》
あれは祈りの形
寂光の中を《（きれいさっぱり）》　無言の色で
すっぺらかんと光放ち

# 空腹

森にも歌がある
川にも詩がある
その間を行く青蛇の空腹
眼ェランランと
歌も詩も　油みたいがに
弾き飛ばいて

霊と肉の間を吹くおーどな《（大胆な）》風

# 木枯し

木枯し　木枯し
落葉　掃き寄せ
人　掃き出し
いつのまにやら
だあれも　おらん
いるのは　いさどい（偉そうな）
木枯しばっか（ばかり）
ほんとは寂しい木枯しばっか

# 初雪が

初雪がふる
たぼさ《赤ん坊》のひろびろとした
こうべん《ひたい》たまに　ひとひら
妖精の着地みたいがに
ひょつんとピンクの足跡残いて
初雪がふる

# うす明かり

恋の詩一つも無うて　はや晩年
誰もおらんがになったこたつに独り
窓をたたく木枯し
ちんちん《（熱ぃ）》の湯豆腐の湯気

いのちのうす明かり

# 雪の朝

雪の朝　何ちゅう《（とぃう）》鳥やろ
さっから《（先程から）》　庭の枯枝に
石な《（石）》みたいがに止まっておる
チュッとも言わんと
深い瞑想しとるがやろか
雪の白さを鮮やかにして

# 風邪

風邪ひけば
葛湯両手にはさんで
背ご丸く　ふうふう吹く
葛湯　さざ波立ち
何やらわての心ン中
難破の兆し

よならん《（余計な）》こと考えんと
はよら《（早く）》と　なご《（横に）》なれば
おいそ《（遠く）》をゆく　寒風の足音

おいでま

かいど《（外）》は木枯し
両手に生姜湯のお茶碗
温《あ》ったこうらと
ちっこい《（小さい）》　ちっこい幸せ

しばらくのこの世
あんたさんも
寄ってくまっし
いちゃけな《（かわいい）》心で寄ってくまっし
一服しまっし　いんぎらぁと
はよらと《（早く）》おいでま《（いらっしゃい）》

かいどは木枯し

## 寒牡丹

深閑として境内暗く
いつの間にやら大輪の寒牡丹
あめつちを友に
ながいこって《（久しぶり）》
この灯明のようなさぶしさ

# Ⅱ　がんこな寂しさ

# かさだかであるようなないようなな断章

あんさ《（長男）》　おじま《（次男）》　こっぱおじ《（三男）》
椀たたき《（四男）》　皿ねぶり《（五男）》ひと束にして
がっぱ《（一生懸命）》になって育ててきた
今はだあれもおらんがになって
思い出という菓子袋片手に
夕食後　ポリポリつまんでいる
ポリポリがポロポロになって

今日は一日あてがい《（いい加減）》に生きてしもた
夜さり　眠りを邪魔する心が
かがかが《（目が輝く）》になった
悔いが口をへの字にした
まっ暗な中で金木犀が匂うている

こわろ《（子童）》が　あだけて《（騒いで）》いる
手あげ　足あげ
友だちがうれしいと　あだけている
春風の中の桜のようだ

いしな《（石）》を拾うて渾身で川面に投げた
いしなは三段飛びして黙って沈んだ
いしなは三回飛沫といっしょに光った
いしなは川底でほっこりした

運動会でげべた《（びり）》になった
うつむいて席に戻ってきたら
地べたにへばりついて咲いている

たんぽぽと　パピポと目が合うた
わての心も　パピポと唱和した

坊やがかさだか（おおげさ）に泣き喚いている
子だくさんの母ちゃんは夕餉の支度
窓から入ってきた夕焼けが
坊やのバタ足でがんこ（ものすごく）に叩かれている
痛いがいね　痛いがいね

この世にちゃがちゃがにされても
ひとりぽっちになっても
神様さえおそばに居て下されりぁ
いんぎらぁ（ゆったり）と日暮しできる（大人しく）
野菜の花みたいがに　はちこらんと

きのどくなぁ《（恐縮です）》 もったいなや
じまんたらしい《（偉そうな）》ことも言わず
母ちゃんはまって《（まるで）》野菜や
畑に這いつくばって生きてきた
赤いべーこ《（着物）》より野良着が美しかった

「ちんとしとろ《（してなさい）》」「ちゃんとしとろ」
母ちゃんの口癖やった
見上げるような人生の壁の前で
今、かすかに聞こえてくる
懐しい音律
猛暑の中の風鈴

# 福笑い

福笑い
目二つ並び
鼻はまん中
口は鼻の下
なんもおもし《（面白く）》ない

かたちんぱ《（びっこ）》こそ
わやくちゃ《（むちゃくちゃ）》こそ
はんちゃぼ《（中途半端）》こそ
へいろく《（いいかげん）》こそ
これこそ福笑い

笑いもれる冬の窓

# 寄せ鍋

埃たてて　どかどか囲む鍋
日本海のア・ラ・カルト
ながいがやら
まるいがやら
あかいがやら
のぞく顔も似たような
ながいがやら
まるいがやら
あかいがやら
あつい家族のア・ラ・カルト
あらあらで今宵　ひとつに

# いっぱい

長患いしとった母ちゃん
みいっぱい《（限界）》働きどおしで
とうとう　あっちゃへ《（あちらへ）》
花冷えの朝　しんしん
鼻先　尖《とが》らかいて
白白　と　棺の中

ひとかわでない《（並大抵でない）》人生やった
好きやった菜の花で飾ってあげる
いっぱい　いっぱい
さいなら　母ちゃん

# むしわらい

ねんね《（赤ちゃん）》は　ねながらむしわらい
おかちゃんにうつる
となりのおばちゃんにうつる
こそばい《（くすぐったい）》　はもん
ねむるねんね
あれ　またむしわらい
んな《（みんな）》がら　ほっこり
一足早い　むしの春

# 春めく

かいど《（戸外）》で　母ちゃんら
円陣組んで　世間話
ほやほや《（そうだそうだ）》　ほんながや《（そうなの）》　ほや《（そうや）》とこと
春めくと　言い交わいて

白い障子の中
わて《（私）》の耳も光めく

# あんちゃんよ

頑張るわいね
自己啓発や　言うとってかって
良書山積みながに
昼まで寝放いて

急《せ》かさんでもいいがいね
大器晩成や

昼の光も　布団の上になごなっとる（横になる）
らくまつな（脳天気）顔して
あんちゃんよ

# 土いじり

小春さん　小春さん
土いじりの姉ま
ふんじょ《（不自由）》な足引き摺りながら
衿あし　白々と
木瓜《ぼけ》の花咲く樹の下
しづかな　しづかな　午後三時
おくれ毛揺らす　風の指

# 踊る

あかいばぁこ《（着物）》きて
ぐでたま　踊る
たまちゃんは
ひらがなみたいがに
踊ってみせる
春の午後

# たんちたんち

たんち《（赤ちゃん）》たんち　たんちのかわいさ
いないいないいないバァの百回を
きゃっきゃの笑顔で百回返す
気合も抜かずに　じょうず《（お世辞）》こき
たんちたんち　たんちのかわいさ
春を越え

ああ　疲れた

一日中働いた母ちゃん
満月待って　待ちわびて
あれまあ
鼻提灯やがいね
子わろたちよりお先に
まだるい《（ゆるやか）》夜風の
お通りだーい

# 白い秋

秋が来た
食卓に白い光
たんち《（赤子）》は叩く匙の音
白いミルクカップ
カチカチ　カチャカチャ
わくちゃ《（むちゃくちゃな）》もない笑顔して
白い二枚歯よだれして
白い白い秋がきた

## 鍵っ子

夕焼けの校庭
ラッパ吹く鍵っ子
ラッパ泣いとるがか
兄《あん》さが泣いとるがか
茜空はなんも答えん
ラッパと兄さを染めあげ
今　夕陽が沈む
誰かを呼ぼって夕陽が沈む
へしない《（待ち遠しい）》心で夕陽が沈む

# かたいもんにならにゃ

とうちゃん死なんがに
かあちゃん死なんがに
ねえちゃんのわてかて死なんがに
八つの妹が死んだ

五月八日　日曜日　母の日
うす闇のマントだらりと下げ
白い丸太ん棒かかえ
とうちゃん帰ってきた
丸太ん棒から垂れ下がった黒髪
なんでや　なんでや揺れとった
とうちゃんちゅうたら
寝んと待っとったわてに

（かたい《（良い子）》もんにならにゃ）と
ちっこい《（小さく）》がに呟いた
かたいもんにならにゃ
かたいもんにならにゃ
わて　息もせんとお腹かとう《（固く）》して
正座するしかなかった
かたいもんにならにゃ
かたいもんにならにゃ
百年たっても終わらんお経やった
わての耳に住みついて
今じゃ　あぐち《（胡座）》かいて

# なんでや

母の日に
突然　妹逝ったんは
何の意味やったんやろ
意味あるがか　ないがか
ととばす《（くちばし）》　とがらし
こじんぼ《（すねる）》　ふれば
夜さり　聴こえてくる
やらこい《（やわらかい）》手まり唄

# 煙りのように

半口開きの吾子の寝顔
いびきかくだんなの　だやい《（疲れた）》寝顔
この世の出会いの　あら不思議
夜陰を金木犀が香っている
その間を　死が煙りのように流れる

# 夕陽の中で

施設のベッドに　母ちゃんが座ってる
一〇一歳と七五歳は片寄せ
夕陽を浴びている
窓いっぱい流れこむ夕陽
母ちゃんは娘に語りかけている
ちっこい目は夕陽で赤い
赤うなった目で
母ちゃんは　なお娘に語りかけている
よなが《（夕食）》前の静かな時間
いつやったか　かいだ花のかざ《（匂い）》のような
ほっこり《（あたたかい）》したもんが
母ちゃんと娘を包んでいる
母ちゃんは娘から目ェ離さんと

つまつま《こまめな》とした話
今年ぁ　大根の育ちいいがいね　とか
あそこのたーた《女の子》　かわらしなったねェ　とか
明日もいー天気やよ　とか
耳の遠い母ちゃんと
ちょっこし《少し》でかい声の娘との会話
ゆるく　のびきった時の流れ
このひと時が　ずうっと　ずっと続く
そんな気がする静かな夕暮れ
「明日もまた来てや
嘘つかんといてね　きっとやよ」
てきない《疲れた》顔もせんと
母ちゃんは娘に語りかける
夕陽は部屋いっぱいに　溢れて

# 柵

柵《さく》を「しがらみ」とも読ませるなんぞ
命名者もたいしたもんや

血縁の深情け
恨みつらみも　愛しとるさけ　と
親はいくら叫んでみても
まといつく枯れ草とか
わらしべ　小枝や
はたまた　発砲スチロール皿とか
そんな柵《さく》　なんか蹴飛ばいて
せいせい流れていきたいわ　とか
子どん共らは　まっで（まるで）　石つぶて
柵《さく》を「しがらみ」と読ませたがは

若さの　みすていく

聖書にあるがいね
「老いたる者には知恵があり」
「白髪は　栄えの冠」
その上　日本の諺じゃ
「親の意見となすびの花は
万に一つの無駄がない」

子どんどもよ
この行末見てみまっしゃん
この柵《さく》こそ親のシンボルやがいね
汚濁をわが身に受け
濾過し　浄め　再生して
天にお返ししておらっしゃる

お前たちのために
柵《さく》は作　幸く　策　咲くやぞいね
たとえその柵《さく》がゴミだらけになっても
親は咲《わろ》うとる
あの柵《しがらみ》のあたり　肝心要の
親の寂しさを見まっしま
飛沫は光っとる
狂おしいらと　光っとるがいね

アサガオ

# おじいちゃんのもん

おじいちゃんのもんを
こわごわ　つまみ出します
はじめてちゅうのは脂汗にじむもんです
なんでもないこたぁ　何も考えんとくまいか
と　自分に言うてきかせます

何ちゅうやさしげな重さやろ
何ちゅう人肌の温かさやろ
何ちゅう意味ありげな在りようやろ
死んました人らと未来永劫をつないで
句読点ひとつ　ここに

今は

麦茶の道
味噌汁の道
命を養う通り道
透明なガラスの溲瓶にそっと寝かすと
仮死した雀のかたち
その先っちょから　ゆらゆうら
ガラスにうす黄色の花模様
それは雀が見る短い夢に似とります
微笑みたい　泣きとうなる花の夢や
なんべんも見てきた夢の残滓
病窓から射し込んでくる残照に映える
琥珀色のよどみは
仮初めの死の下で
沈黙の歌をうとうています

蒼空高い電線の上
勇しいらと囀ったあの眩しい朝なんか
すっぺらかん《（すっかり）》と忘れてしもて
八十八年の歳月の終り
その夕暮れの坂道を
雀は今　深く倒れとります
掴もうとして　つかめんかった真理を
おぼろげに内包して倒れとります
永遠の栄光を曳いて
ガラス越しに　ほったりと倒れとります
残照をまとって
夢見顔で倒れとります

# 死者は

母ちゃんは死ぐ前日
「玉葱の苗買うてきてたい」と言うた
玉葱を育て収穫して
また娘よ　お前にでっかいのを
やろう　と言われるのである
人は自分では死なんのである

評論家の中村慎吉さんかて
死の数日前　見舞うたわてに
「じゃあ　また」と言うて　左手を上げた
またお前さんに文学の厳しさを
話そうと　言われるのである
んな《（みんな）》がら死んだことが無いさけ

死なんのである

その証拠に死者の墓前に立つと
その続きが聞こえてくる
お墓の中にはおらんくて
風の中におって　風語を話したり
花の中におって　花語を囁いたり
虫の声に乗って　虫語で叫んでみたり
せわしなく伝言しとるのである
すっかり人が変わって
生前よりちゃべ《（おしゃべり）》になって
死者には昼も夜もない
時に明日の　ちゃべま《（おしゃべりの人）》のために
暗闇で黙って考え事をしとる
気分屋で予期せん時に　話したり

笑ろたり　叱ったり
生前よりか驚かすことがうも《上手に》なって
それに気づく生者を
アッと言わせるのである
もしかしたら　死者は
生きとった時より　鮮やかで
おもしい《面白い》のかもしれん
もう白い服　脱いでしもて
自分色の服　着て
生き物を人間ウォッチングして
好き放題　料理しておるのかも
何もかもわかり　何もかもお見通し
ヤキモキして死者たちは
きっと　どの人も　んな《みんな》がらいい人

ほやけど《だけど》　こちらじゃ
お棺の中の　まっで《まるで》静かなお顔を
思い出いては　がんこに《すごく》寂しがっとる
青い紐みたい溜息なんかして

# 口癖

とうちゃん　口癖
「じゃまない《（それでいい）》　じゃまない」
どんだけ《（どれだけ）》　その慰めに
頭なでられたことか

かあちゃん　口癖
「だんない《（大丈夫）》　だんない」
どんだけ　その思いやりに
手ェ　にぎられたことか

犀川の風に　肩たたかれて
あ、振り返れば
誰かのあったかーい声音

# Ⅲ　ぼんのくび伸ばいて

# おー寒

しゃもめる《（腹立っ）》こと
ひとつ　ふたつ
木椅子に浅く腰かけ
春は底冷え
かたいもん《（良い人）》になって
聖書を読む
目ぇガチガチにして
もたくさ《（雑然とした）》の心は

どう　どう　どう
洟をかむ

# 旅

春の海
白い手　ひらひら
おいで　おいでの波頭
外《と》つ国へ行きたい
呼ぼるがは　誰やろ
しんがい《（へそくり）》銭持って
やついて《（お洒落して）》
ここ春の海から
まんど《（満灯）》の心で

# 母ちゃーん

とうの《ずっと》昔
母ちゃん　ほんまにいじっかし《うるさい》かった
長い髪はチャキンと切れ
めろん子《女の子》は夕飯までに帰れ
短いスカート穿こもんなら
チラッとでも　開いた胸
見えようもんなら
「みっともないがいね」

「勉強せんかいね」
だきゃ言わなんだ
母ちゃんの年令になって
ああ　いじっかしいなんてひどい

ながしまい《台所》の方で水の音
あの水音は
母ちゃーん

# ほんでいいがや

だちゃかん《（だめだ）》
だっちゃかん《（だめだ）》
うら《（私）》の人生
そう思うてきた

今は　いいがいね
いいがいね
ほんで《（それで）》上等やがいね
お国のために
兄《あん》さま　五人生んで育て
今はなんもかんも萎《しぼ》んでしもたけど
ぼち《（もち）》でも　たんと《（たくさん）》食べて
むすんで　開いて　手を打って

その手を　バンザイ
桜は満開や

# 祈る

心が重うて　重うて耐えきれん
両手組んで　祈っとると
神さまにすっぺらかん《（すっかり）》と打ち明け
祈っとると
目ぇつぶっとるがに
なんでか《（どうしてか）》辺りが明るうなって
なんでか軽うなって
なんでか空色の鳥になる

# 哀しみを

秋の哀しみを
しわだらけの指先で
ほっこり　さわっとりたい
世界でただ一人の
めくらんなって
明日が無いみたいがに
さわっとりたい
水色の心で　このひとときを

# へいろくに生きる

何憚らず　ころころ太るたんちま
晩年のわても何憚らず
へいろく《（いい加減）》に生きたい
雨の中の雨蛙みたいがに

ただ　神さまだけには
ずこてん《（高慢）》にならんよに
えんぞ《（溝）》にはまったような
六月の夜長

# ほざほざする朝は

人声遠く
金木犀の下ゆくらし
香りも遠くいのいて《（動いて）》
とっしょり《（年寄り）》でも人さんの役に立ちたい
へごたの《（不出来な）》わてかて
心ほざほざ《（にこにこ）》する朝

# 青空

スコール通過中
あおだかされた《（あおる）》声
弾きとぶ心
もだかる《（からまる）》二本足
叩かれる頭《ず》こ
濡れて流れて
追い出される　木下闇《こしたやみ》

あとには
神のみ顔のような青空
こんな時はいきり立《（カッカする）》つこともない
立葵がぼんのくび《（えり首）》伸ばいている

# わて色で

加賀友禅の着物で無《の》うて
素袷の浴衣
立葵で無うて
ひまわり
ピンク色で無うて
水色
ちんのびんの《（ああだこうだと言い訳する）》と言わんと
わてもわて色でいきまっそ《（行きます）》ぉ

猛暑のやけこげ道を
熱い風になって

# テニス

人世人世の人身頃
ルート2の解答よりも
べんこな《うまい》文書いて
いさどく《自慢げに》鼻の穴　広げるよりも
黄色いテニスボールぼっかける《追う》
はっしゃぐ《浮かれる》　白い靴音
空は底ぬけ　風は秋色
すべては善し

# 幸不幸

あだける《（さわぐ）》子わろ《（子供）》看《み》る
このしあわせ
絶叫して走りまわる
子わろの守《も》り
このふしあわせ
この二つに挟まれて
虫の声聞く　秋　夜なが

# 友よ

友よ
天の高さと
地の深さと
宇宙の広さと
王たる者の心を測る物指しを
だらぶち《愚か》のわて《私》は持っとらんさけ

友よ
今　たんち《幼子》の骸をかき寄せかき寄せ
身ィもんで泣く友よ
涙と鼻水で光る唇から出る
すり潰いた獣の叫びのそばで
抱いた肩から飛び出いてくる

悲しみの鉄砲水のそばで
友よ
母親のわては　あんたさんとからまり
獣になろう
鼻水垂らいて
鼻水光らいて
雄叫びあげ
雄叫び潰し
獣道を突っ走ろう
あんたさんと一緒に
おっとろしい顔の獣になろう
あんたさんと一緒に
髪振り乱す獣になろう
あんたさんと一緒に
魂青ざめ獣になろう

天へ
地へ
宇宙へ
王たる者へ
ひたすら背ご向け
ひたすら惨めに
友よ
ただ　今だきゃ
生一本の獣になろう

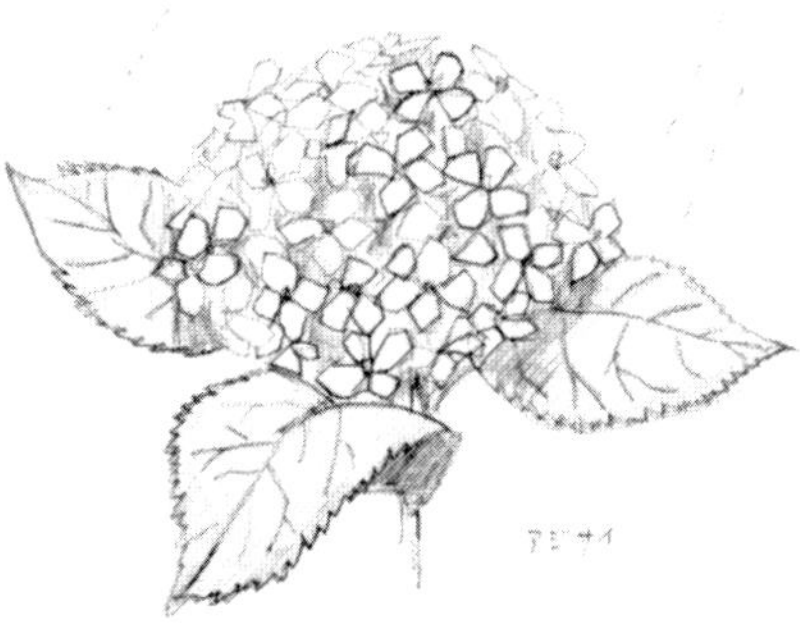
アヂサイ

# 脳と腹とどっちゃが

青白い脳と
赤ら顔の腹とどっちゃ《（どちら）》が偉い
夜さり暗闇ん中で
目ん玉むいて諍いした
（人の楽しみちゅうたら
　腹に決まっとるわいね　腹が叫んだ
人間さまのてっぺんに鎮座しまさる頭《ず》こ
司令塔本部は霊的に申された
（脳こそ全身を支配する
　人さんを人さんにする臓器なんや

世間じゃいつでも
脳と腹のせめぎ合いや

偉いもんは二人いらん

ほんと言うたら
やっぱ初めに腹やぞいね
脳にしあわせ感じさせるドーパミン
それ　腸内でできるんやと

脳よりか腹の方が偉い
腹が大きい　腹に一物　腹に納める
腹を割る　腹が据わる　腹を決める
腹を探る　腹を括る　腹八分
どうや　この八面六臂の働き
まって聖書の八福の教えやぞいね

無脊髄動物のヒドラは

殆ど腸だけ　脳はない
腸で考え　腸で食べ
腸こそ命と生きとる
あの酒のつまみで君臨しとる
ウニ　ナマコも　脳なしと呼ばれとる
人さんも腹で考えりゃ諍いも無うなる

腸は健気に
毎日働き続け　食べ物の処理
連日黙々働いてなんも求めん
贔屓《ひいき》筋にならずにおれっかいね
おんぼらっと《（たっぷり）》食べたら
たちまち吐き下しで調整
食べ物をもらえなんだら
かわらし《（かわいい）》声で　くうっと泣いてみせる

偏食したら固い便秘ではんごむく《（反抗する）》

この簡単で素直な真理
実いうと　意味深長な哲学者
脳の先達なんや
人間死んでしもても
まだ生きとるタフガイや

闇ん中
あったかい手のひらで
ちょっこしメタボの腹を
静かに　いとしぼいに《（いとしげに）》と撫でる
まあるく　やさしく

やがて　やらこうなった脳から

ご同慶のメールが届く
こうなりゃ
うふふの時間や

# お寿司大好き

お寿司大好きや
いろんな戒め
影うすうなってしもて
この鉄火巻　この鮪《まぐろ》
このお稲荷さん
このこの　このこの
ほんなことばっかりや　今は
痩せたソクラテスや無《の》うて
太った何やろ　このうら《（私）》は
晩秋の風にたずねてみっけど
やくちゃもない《（めちゃくちゃ）》　返答ばっか《（ばかり）》
はや日が暮れて　教会の鐘が鳴る

# み言葉

み言葉読む
楽しより愉し
愉しより喜び
喜びより悦び
寂しいうら《（私）》には
ようわかる

み言葉はうら《（私）》のついぼ《（杖）》
ついぼついて　この細い道を
ついぼついて　この短い足で
コトコト　ついぼの道を
笑み　こぼいてトコトコと

# なんな様

なんなん　なんな《仏》様
いつでも　どこでも
ほほえんでおらっしゃる
ふりむくと　澄し顔
なんなん　なんな様

悲しいときには
いない　いない　バァー
うるしい《うれしい》時も　やめる《病む》時も
いない　いない　バァー
なんなん　なんな様
どしょまな《だらしない》わて《私》を　なんな様

# としとると

としとると
出てもいい　ともいわんがに
早々と出てしもう
切迫性尿失禁

としとると
出てもいい　ともいわんがに
早々と出てしもう
感情失禁

やがて
静かな静かな　夕焼け

# あっくりしても

速射砲みたいがに
息子五人立て続けに育ててきた
孫十八人立て続けに見守ってきた
ひ孫も三人

ああ
あっくりした《（肩の荷がおりる）》
あっくりしてしもた

ずこ《（頭）》のてっぺんから
ちょっこしずつ崩壊や
この正確な比例
年齢と肉体

片方になった聴覚で
小さな囀りを拾う
かすんできた両眼で
大きな朝日をいただく
噛めんがになった口でたくあんを
静かに転がすこの味わい

あっくりしても
まだ生きて楽しむことがでかいこと《（たくさん）》ある

背後を厳粛な顔した時間が
ウインクして通る

だらんこととしても

少年野球の監督は　三振すると叫んだ
（えーい　あほんだら《バカ》
（お前　半だらかぁ　どこに目ぇつけとる

おばあちゃんは情愛たっぷりに横目で
（だらぶち《バカ》やねぇ
（健坊は　はしかい《賢い》子ながに

気のおけない仲良しは励ました
（だらま《バカ》でないけ　おまん《お前》は
（しっかりせいま《しなさい》

「ばか」でもなく

「あほ」でもなく
（だらんねえけえ
（だらの三杯汁のんで　おっぱいだすんがけえ
みそ汁大好きのあんさまに
貧しいとうちゃん　長ーい嘆息
どのお人もだらんこと《（バカなこと）》しても
目ぇだきゃ　笑ろとった
冬の太陽みたいがに

# 亜流・雨ニモ負ケント

皺ニモ負ケント
入レ歯ニモ負ケント
垂乳根トチゴウ《違う》　干シブドウニモ
フヤカイタ三段腹ニモ負ケン
キカン《しっかりした》根性ヲ持チ
迷イモセント
ドウシテモカタイモン《よい人》ニモナレズ
イッツモ　ウチヲ留守ニシテ忙ガシガットル
コノ間モ
ヨソサン《他人》ノ　ジャーマ《女房》ト比ベラレテ
メソツケラ《けなされる》レ
アレモコレモ　ヒッパリ出サレテ
ジャーマノ　ジャーマタル意味ヲ

カンジョウ《（計算）》に入レント
チョット見　ヨウ《（良く）》ワカッテモロトルヨウデ
振リ向キモサレント
ケド　ナンヤラ威厳モッテ
オヤッサン《（だんな）》ニ　ワナラ《（怒鳴る）》レタ
弓ナリ金ナリ君主国ノ真ン中
飛ビ出イタ半島ノ兎小屋ン中ニオッテ
東ニオ祭リアリャ　行ッテ
オリャ　オリャ　ウトテ　オドッテ
西ニ病院ノ
オシメ《（おむつ）》タタミセンカ《（しませんか）》　ト言ワレリャ
ホイ　ホイ行ッテ
地下室デ　汗流イテ
南ニ離婚話ノ若イオッ母サンオリャ
イッサドイ《（自慢げな）》顔シテ　大イニ知恵カシ

北ニ寝タキリトッショリ《年寄り》オリヤ行ッテ
息災ニシトラニャ《していないと》　ダッチャンゾ《だめだ》　ト言イ
哀レナ話ニャ　涙コボイテ
チョッコシ《少し》　変調アリャ
癌ヤワイネ　癌ヤワイネ
ドウシルゥト《どうしよう》

オロ　オロ　歩キ
ウチノモン《家の者》ニ　イッセニハンゴムカレ《反抗され》
ホメラレモセンガニ《しないのに》
ケツナ《変な》自信モッタリシトル
ホンナ《そんな》人間ノママンマデ《ままで》
ワテ《私》ハ　アッテイイガヤロカ《いいのだろうか》
ワテノ魂ハ　ザラメノヨウダ

（「雨ニモ負ケズ」宮沢賢治　より）

# あとがき

人生百歳時代に突入した。人間の寿命は格段に伸び、地球の寿命は昨今、格段に危機を募らせている。洪水のような諸変化の前に、我々はあれよあれよと言うしかないのだろうか。世界の中の、日本の中の、金沢の中のわが家にいて、目の前の小さな現象によい選択、前向きの対応ができれば、私にはもうそれだけでうれしい。

それでというか、能登印刷出版部の奥平氏の突然のススメにひょいっと乗って、金沢方言詩集Ⅱを急遽出版することになった。これが正しい選択であったのか、出版する意味があるのかどうかは別にして、次第に萎んでいく老人力の現状にあって、行動を起こしたのは良いことだと思う。

自分としては、金沢の消えていこうとしている方言を、詩の形で残すことにささやかな使命感もあったりして、バタバタと出版の運びとなった。方言を使って詩を書いていると、徹頭徹尾金沢人の私は水を得た魚になる。「老人は独り遊びができる玩具を持つべきだ」とは、どこかの本で読んだ記憶がある。幸いにも私には独り遊びができる詩という玩具があった。中学二年の時から六十年余詩に遊んでもらい、慰めてもらい、元気をもらってきた。私の人生の殆どをその詩と共に歩んできた。幸せなことである。題名の「咲う」は、最近までこれを「わらう」と読むとは知らなかった。面白いのであえて「笑う」とはしなかった。

前に出版した詩集の中から、手を加えたりして改めて作品として載せたものもある。カットは三男の達志君の描いた絵を使った。

この度は奥平三之氏にこの機会をいただき色々お世話になりました。誠に有難うございます。

令和元年　盛夏

徳沢愛子

# 徳沢愛子金沢方言詩集Ⅱ「咲《わろ》うていくまいか」

新・北陸現代詩人シリーズ

2019年7月10日発行

著者　徳沢愛子
編集　「新・北陸現代詩人シリーズ」編集委員会
発行者　能登健太朗
発行所　能登印刷出版部
〒920・0855　金沢市武蔵町7-10
TEL 076・222・4595
印刷所　能登印刷株式会社

ISBN978-4-89010-683-7